周作人译作

冥土旅行

钟叔河——编订

岳麓书社·长沙

北新本《冥土旅行》

岳麓书社开始重印

周作人著作

人归人，文归文。周作人其人的是非功过是另一问题，其书的主要内容是对传统文化和国民性进行反思，对中国——西方和中国——日本的文化历史进行比较研究，今之读者却不可不读。岳麓书社以编印《知堂书话》《知堂序跋》《知堂杂诗抄》之熟手，已经开始重印周作人的全部著作，1987—88两年内全部出齐，力求：

书价最便宜　　装帧最大方　　校订最精审

“民国”时期尤其是沦陷时期所印书，错字甚多。岳麓书社决定由编审亲任周氏著作的校订，对原印本错字悉予改正，同时仍列出勘误表，记载原有错讹，以便对勘，且示负责。各书均分单本平装、合订精装两种版本，一利卧读，一利庋藏。周氏的集外文和未刊稿，亦正请上海黄裳、北京舒芜、香港黄俊东、新加坡郑子瑜诸先生协助整理，由本社初版印行。特此广告，请读者速向当地新华书店预订。本社即将请各省市书店统一报数。

自己的园地	0.99元	大32开精装 合订本3.90元
雨天的书	0.90元	
泽泻集	0.50元	
过去的生命	0.45元	
谈龙集	0.90元	大32开精装 合订本3.95元
谈虎集	1.66元	
永日集	0.81元	大32开精装 合订本3.90元
看云集	0.95元	
夜读抄	0.90元	
苦茶随笔	0.99元	大32开精装 合订本4.35元
苦竹杂记	1.05元	
风雨谈	0.90元	

瓜豆集	0.99元	大32开精装 合订本3.95元
秉烛谈	0.81元	
药堂语录	0.45元	
药味集	0.70元	
药堂杂文	0.90元	大32开精装 合订本3.60元
书房一角	0.95元	
秉烛后谈	0.80元	
苦口甘口	0.85元	大32开精装 合订本4.00元
立春以前	0.95元	
过去的工作	0.54元	
知堂乙酉文编	0.75元	
知堂回想录	2.90元	（精装）4.50元

欧洲文学史	0.78元	大32开精装 合订本4.00元
艺术与生活	1.25元	
儿童文学小论	0.53元	
中国新文学的源流	0.55元	

〔以下系初版新书，不属重印〕

知堂集外文编（上、下）	7.00元
知堂书话（上、下）	6.00元
知堂序跋	3.20元
知堂杂诗抄	0.80元
儿童杂事诗（丰子恺插图）	1.20元

编者的话

锺叔河

一九八七年一月七日《光明日报》上，岳麓书社刊出了我拟稿的一帧广告（左图），宣布了书社和我对重印周作人著作的观点：

“人归人，文归文。周作人其人的是非功过是另一问题，其文的主要内容是对传统文化和国民性进行反思，对中国—西方和中国—日本的文化历史进行比较研究，今之读者却不可不读。……”

随即便开始出书。既出周作人著作的单行本，也出精装合订本。两年之间，出了二十四种。

书当然不是想出便能出的，得按规矩，走程序。周家授权了，报告批复了，宋木文、杨牧之、伍杰各位领导都当面或来信表示应允和支持了，便能够出了。

出就得出好。当时强调了两条：（一）因为均系据旧本重印，所以一定要认真校订，尽力改正旧本误植失校的错误；（二）因为手稿不存，无法对勘，所以一定要详出校记，改动处一概保留原文，承担责任。

这两条，读者看来大都是认可的。直到如今，在旧书网上，八十年代“岳麓版”的周作人著作，始终都卖得不错。

现在，岳麓书社决定又来重版周作人著作，并将书目扩增至四十种（见后勒口），仍然要我负责编订，做法则一仍其旧。还是周的书，还是这两条，新的广告也就不必再做了。

鄢琨君三十年前和我同编了这些书，此次仍然合作，所有案头工作都是他做，各书出版说明也多是他写的。校记原列表在书末，如今改作脚注。鄢君新增校改之处，标出“鄢校”，特此说明，并志感谢。

二〇一八年五月十五日于长沙。

出版说明

《冥土旅行》为《苦雨斋小书》之一，北新书局一九二七年二月初版，旋即再版，有《〈苦雨斋小书〉序》，收《冥土旅行》（古希腊路吉亚诺思）、《爱昆虫的小孩》（法国法布耳）、《育婴刍议》与《〈婢仆须知〉抄》（英国斯威夫德）、《〈徒然草〉抄》（日本兼好法师）五篇，都是译作。

《苦雨斋小书》共印行过五种：之二《玛加尔的梦》为所译小说，之三《泽泻集》为自作散文，之四《永日集》多为自作散文而兼收译作，之五《过去的生命》为自作新诗而兼收散文。作者在序文中写道："这些东西，虽似龙生九子，性相不同，但在我总觉得是一样的可爱，也愿意大家同样地看待他们。"

这也是出版者和编者的观点。

目　录

《苦雨斋小书》序

今年的寒假又忽然地过去了。这个年头儿，草间偷活已至不易，更加上穷忙，尤其是在年头年尾，所以这三四个礼拜的休假里就简直没有做一件事，只是抽闲吃了几个瓜仁果核便又是上学的时候了。小时候遇到上灯夜，看着那些灯烛辉煌，未尝不觉得热闹，但心里却是着实寂寞，因为这上灯就是新年完结的先声。现在也颇有这样的感觉。

没有工夫看书，其实是没有心情看书，再说，也是一半由于没有钱买书：不过这种推托都是不济事，究竟还是自己的懒惰。别的不说，就是久想翻译的勃阑特思（Georg Brandes——只可惜他已于二月二十日去世，享年八十五）的《加利波的论》也未动手，真是太懒了。但是，这其间也做了些小事，编辑“苦雨斋小书”之计划就是那时所想的，现在所编成的有这两种，一是《冥土旅行》及其他四篇，二是《玛加尔的梦》。

《冥土旅行》是二世纪时的希腊哲人所写，此外四篇的作者是十八世纪的英人斯威夫德（Swift），十九世纪的法人法布耳（Fabre），以及十四世纪的日本和尚兼好法师。《玛加尔的梦》则是近代俄国的作品。这可以说是杂乱极了，虽然我觉得并不如此。不但这些都是我所同样欢喜的，我还以为其间不无一种联属。我曾说：

> 重读《冥土旅行》一过，觉得这桓灵时代的希腊作品竟与现代的《玛加尔的梦》异曲同工，所不同者只因科罗连珂（Korolenko）曾当西伯利亚的政治犯，而路吉亚诺思（Lukianos）乃是教读为业的哲人（Sophistes）而已。

除了那个“科学之诗人”是超然的以外，兼好法师也就不是真个出世间的人，不过他有点像所谓快乐派，想求到“无扰”的境地做个安住罢了；至于斯威夫德主教的野蛮的诙谐，则正是盾的背面，还是这个意思，却自然地非弄到狂易而死不可了。我译的这些东西，虽似龙生九子，性相不同，但在我总觉得是一样的可爱，也愿意大家同样地看待他们。

小书以后还有，说不定还要弄大书出来呢：在此不妨先自画自赞一番。

一九二七年二月二十八日，于北京内右四区。

冥土旅行

［古希腊］路吉亚诺思作

哈隆（Kharon）——义云亮眼，渡鬼魂往冥土者。

克罗妥（Klotho）——义云纺女，运命三女神之一，司纺绩生命之缕者。

赫耳美思（Hermes）——义云急驱，神之使者，又司送新死鬼魂往冥土，故亦称送魂使者（Psykhopompos）。

众鬼魂　其中有犬儒古尼斯科思（Kyniskos 小犬），霸王默伽本德斯（Megapenthes 大忧），皮匠密古罗斯（Mikyllos）等。

拉达曼都斯（Rhadamanthys）——冥土判官。

谛西福纳（Tisiphone）——义云报施者[①]，报仇三女神之一。

【锺校】

①“者”原作“音”。

灯，床——见证。

哈　克罗妥，你看这个情形罢；一切都已妥贴，只等着开船了；船舱已经庠好，桅杆竖起，风篷挂上，桨都架在桨眼里了；我们不曾起锚开船，不是我的错处了。船上还没有一个乘客，这是你所看见的；在这期间，我们本可往复三次了。天就要晚了，却还整天没有赚到一个铜子！我知道后文是怎样的：冥王将以为我是办事不行。其实这不是我应该负责，却是那个押送货物的我们的好绅士（案指赫耳美思）。他正同平常的凡夫一样，他在上边喝了一口忘川（Lethe）的水，忘记回到我们这里来了。他大约是在那里和孩子们角力，或者弹他的竖琴，或者显他的谈天的本领；或者他是打劫去了，那个无赖，据我所知道，这在他是一天的事情了。他是渐渐的太放肆起来了：他应该记得他是也属于我们的，他的一半。

克　是了，是了，哈隆；或者他是很忙。宙斯（Zeus）在上边的世界里，也会有什么特别的事情叫他去办；你要记得，他也有用他的地方。

哈　但是这并不是说他就可以过分的使用他了。赫耳美思是公共的所有。在他应当去了的时候，我们不曾强把他留住在这里。不，我知道这是怎么一回事。在我们这地方，所有的东西只是烟雾，阴暗与昏黑，而且得不到吃的东西，除了水仙花，奠酒，祭祀的饼和肉。在那边天上，一切都是光明，有充足的仙食和无穷的神酒。他喜欢逗留在那里，是不足为奇的。他离开我们的时候，那是飞去的，好像他是从牢狱里逃出去的一样。但是在应该回来的时候，他是徒步走着，好容易才能走到哩。

克　是了，现在且不去管他。你看，他走来了，还带着好一大队的乘客，或者还不如说好一大群罢；他用了他的棒赶着他们前行，正如赶着这许多山羊。但是这是怎么的？一个人是捆着，别一个人正看着高兴；有一个人肩下斜挂着一只口袋，手里拿着一枝棒，一个相貌暴烈的汉子：他驱使着别人走动。你看赫耳美思罢。全身是汗，脚上满是灰尘了！看他怎样的喘息；他是完全喘不过气来了。什么事，赫耳美思？请你把一切都告诉我们；你似乎很受了累了。

赫　这件事情，就是因为这个无赖逃走了，我不能不去追他回来。我告诉你，这次的过渡我几乎要同你们失了信了。

克　他是谁？他为什么要逃走呢？

赫　他的动因是很明了的：就是他想还是活着的好。他是一个什么王或是霸王，因为我听他很悲惨悼叹已经失掉的幸福，所以知道。

克 那个呆子真想逃走，还想去延长他的寿命，在运命之丝已经割断了之后么？

赫 岂但想呢！他本来早已逃脱了，倘使没有那位拿棒的好汉；他帮助我，我们才能够抓住他，把他捆绑起来。自从亚忒罗波思（Atropos 义云无私，运命女神[①]之一，司剪断生命之缕者）将他交付我以后，他一路上迟延落后，把他的脚跟凿进地里去，要使他前进实在不是一件容易事。他又时常起手祝祷或是请求：我肯让他回去几分钟么？他将要使我很是上算的。我自然不肯这样做；这是做不到的事情。——是了，我们刚才走到地府的入口，这个无赖不知怎么的溜脱了，那时我正同平常一样将鬼魂点交给爱亚科思（Aiakos，冥土判官之一），他凭了你的妹子（亚忒罗波思）的发票点数。这个结果是，我们缺少了一个。爱亚科思皱了他的眉，他说道："赫耳美思，百事都要规规矩矩的，在这里请你不要弄什么把戏。你在天上这些花样玩得够了。我们这里账目是很清楚的；一切逃遁不过。发票上说的是一千零零四：这是白纸上写着黑字。你交付给我却短了一个，这是怎么

【锺校】

① 原无"女神"二字，今增。

的？除非你说你是上了亚忒罗波思的当了。”我听了禁不住面红了起来；我于是忽然想到路上的事情，我周围一看，那个汉子不见了，我知道他一定已经逃走，便尽力的跑去，沿着往阳间去的路去追赶他。我的那位朋友愿意帮我的忙；我们于是赛跑似的走去，等到我们把那逃人捉住的时候，他正已走到泰那隆地方了。这是一件很侥幸的事。

克 哈隆你听！我们却正说赫耳美思的荒唐呢。

赫 是啦，那么我们还等着做什么，好像还迟延得不够似的？

克 真的。叫他们上船去罢。我仍旧到那舷门去，等他们上的时候，在簿子上记下他们的姓名籍贯和死亡的事情，你拿到手就可以装起来了。——赫耳美思，让我们先点小孩罢；我从他们是不会得到什么报告的。

赫 这里，艄公。一总三百个，连弃儿在内。

哈 好货色，我说！——这些只是绿的蒲陶罢了，赫耳美思。

赫 克罗妥，其次是什么呢？那些“无人哭”么？

克 啊，我懂得你。——你把那老人家送上来罢。今天我没有工夫去作考古学的研究。都是过六十岁的；上去罢！他们怎么了？他们不听见我；都老得耳聋了。我想你须得检他们起来，像那些小孩一样，把他们运上去。

赫 他们来了。熟透了的果子，在正当的时令摘下来的：三百九十八个。

哈 不，不；这些不过是蒲陶干之类罢了。

克 赫耳美思，其次把受伤者送上来。现在我可以动手作工了。告诉我，你是怎么被杀的。不，我还不如看着我的簿子，点呼你们罢。八十四个，应于昨日在米西亚之战被杀。这里边有戈巴勒思，阿克沙德思的儿子。

赫 都到了。

克 为了恋爱而自杀的七个人。又有哲学家谛亚该纳思，因了对于美伽拉娼女的恋爱而自杀的。

赫 你看，他们在这里了。

克 还有那争夺皇位而互相杀死的呢？

赫 在这里。

克 给他的妻和她的情人谋死的人呢？

赫 正在你的前面。

克 现在是那法律的牺牲了，——被杖死的和钉十字架的。那些被强盗所杀的十六个人在哪里呢？

赫 这里；你可以从伤痕上认出他们来。我把那些女人也送上来罢？

克 来罢，还有那死于难船的人们，这都是同样的死法。那些死于疫病的也来，医师亚伽妥克勒思及其他。那里还有一个犬儒派哲学家，应该在几个祭祀的鸡蛋，一个生乌贼的“海加德夜宴”（Hekate's deipnon，海加德为月夜女神，司魔法者，每月三十日设祭歧路以禳之）上寿终的；他在哪里呢？

犬儒 我的好克罗妥，我一直站在这里呢。——现在我要请问，我做了什么事，却罚我去受这样无聊的生活？你给我生命之缕几乎有满一纺锤了。我常想割断那个线，就此去罢，但是他总不肯断。

克 我留下你去当人间缺点的批评家和医生呢。过去罢，愿你得到好运。

犬 不，凭了宙斯！先让我们监视这俘虏平安的上了船。听了他的哀求，你的判断怕要变动的。

克 且看罢；他是谁？

默 默伽本德斯，拉古兑斯的儿子；霸王。

克 默伽本德斯，上去罢！

默 不，不，克罗妥女士，许我回去一刻，我会自己走回来的，不要等到被传。

克 你要回去做什么呢？

默 我要求许可去完成我的宫殿，那房屋还只造到一半哩。

克 呸！上去罢。

默 啊，运命之神呵，我并不请求长假。请你给我这一天的工夫，使我可以去告诉我的妻，我的宝藏埋着的地方。

克 不行。这是运命的命令。

默 那么这许多钱都是抛掉不成么？

克 并不抛掉。你不要操心罢。你的表兄弟默伽克勒思会代为管理这些的。

默 啊，了不得！我的那个仇敌么，只是因为我的心好，才没有把他治死。

克 正是那人。他将比你后死四十多年，将完全享受你的后宫，你的衣裳和你的珍宝。

默 克罗妥，你把我的财产都交给我的最坏的仇敌，你太不好了。

克 我的先生，这当初原是古迭玛诃思的财产，是么？你把他谋害了，又在着他的面前宰了他的儿女，这才得到手里的。

默 是的，但那时以后这便是我的东西了。

克 那么，现在你的占据的期限也满了。

默 太太，在耳朵边和你讲一句话；别人都听见不得。——先生们，请回避一步。——克罗妥，倘若你肯放我逃走，我自己保证即日付你现金二十五万元。

克 哈，哈！你的现金还在你的头里来往着么？

默 我把那两个和酒的大钵[①]添上去，怎么样？那是我谋害了克勒阿克列多思而得来的。每个都有一百斤[②]重，而且全是纯金！

克 把他拉上去罢。我们决不能叫他自己上船的了。

默 我叫你们做见证。我的城墙，我的船坞都没有完工。我只要五天工夫，去把他们完成了就好。

克 不要紧。现在别人会去照管的。

默 且住！还有一件事，我可以光明正大的要求的。

克 什么呢？

默 许我去完成了波斯的征服；……使吕迭亚来定期朝贡，……为我自己建立一座大石碑，……把我一生的武功都刻在上面。随后再叫我死罢。

克 汉子，这不是一天的放免所做得了的，你大约要二十年左右的工夫才行罢。

默 啊，但是我十分情愿留下抵押品，保证我的

【锺校】

① “钵”原作“碗”，据《卢奇安对话集》第六篇《过渡》改。

② “一百斤”原作“两吨”，据《过渡》改。

急速回来。不，我还可以拿出一个替身来，倘若你要；——我所挚爱的他！

克　你这厮！你多少次祈祷愿他后死呢！

默　这是多年前的事了。现在，——我看出他有更好的用处来了。

克　但是他不久也就要到这里来了，让我告诉你罢。他将被新王处死了。

默　克罗妥，我希望你不要拒绝我最后的请求罢。

克　这是什么呢？

默　我想知道我去了之后那里是什么情形。

克　可以，你应该得到这个苦痛。你的妻将归了你的奴隶米达斯；他是她的情人已经好久了。

默　我诅咒他。这正是因为她的请求，我才给他自由的。

克　你的女儿将补她的缺，在现在的王的后宫里。随后那些都市给你建造的石像画像都将推倒，——当然是，以供观众的娱乐。

默　没有一个朋友反对这些事的么？

克　谁是你的朋友？谁又为什么该做你的朋友呢？我还须说明那些恭顺的廷臣，颂扬你的一言一动的，都只是为希望或恐怖所驱使——他们无一不是趋炎附势的人，只着眼于自己的私利的么？

默 他们就是这些人，祝宴的时候高呼我的名字，他们奠酒时给我一切的祝福。各人都愿比我早死，倘若他们能够随意；不，他们只凭了我的名立誓哩。

克 是呵，你昨天同着他们的一个人饮宴，这就断送了你的性命。正是你所饮的那最后的一杯酒，打发你到这里来的。

默 呀，我果然觉到一点苦味。——但是他有什么目的呢？

克 啊，你太喜欢打听了。现在你应得上船去了。

默 克罗妥，我有一个特别的理由，想能够再一见天日。我有一个极大的忧苦。

克 这是什么呢？重大的事件罢，我相信。

默 这是关于我的奴隶加利恩的。他知道我死了的时候，他走到我躺着的地方来；这是晚间，已经很迟了；他有许多的时间可以使用，因为没有一个人在我的旁边看守着。他带着我的妾格吕开利恩同来，——（这是一件旧事情，我猜想）——关上了门，便同她取乐，好像并没有第三个人在房里似的！既然满足了他的情欲的要求，他才注意到我。他说道："你这小流氓，我受了你的多少次的鞭打，都不是我的过失。"他说着，拔我的头发，批我的面颊。末了他唾我，又说道："去你的罢，往受罪的地方去罢！"——于是他走去了。我心中燃烧着怨恨，但是我躺在那里硬而且冷，什么事都不能做。那个淫妇格吕开利恩听见了脚步声近来，把眼睛涂湿了，假装是哭着我；她抽咽着走了出去，一面还叫着我的名字。——只要我能够把他们两个人捉住了——

克 不必多想你将怎样的办他们，还是上船来罢。这时候已到，你应该去受审判了。

默 谁敢对于一个霸王投他的定罪票呢？

克 对于一个霸王，谁敢呢？但是对于一个鬼魂，拉达曼都斯将要行他的职务了。他是非常公平的，那你就可以知道，他依照各案的情形公平的分配他的判决。现在，不要再迟延了。

默 可怕的运命，让我去做一个平民，—— 一个穷人罢！我以前是一个王，——让我去做一个奴隶罢！只让我活着就好！

克 拿棍子的那个人在哪里呢？赫耳美思，你同他两个人把他倒拖上去罢。他决不会独自上去的了。

赫 去罢，我的逃奴。艄公，这里是了。请你留心——

哈 不要怕。我们会把他缚在桅杆上的。

默 来，我应当坐首席呀。

克 为什么呢？

默 你还要问么？我不是带着十千卫兵的一个霸王么？

犬 唉，傻子呀！你刚才诉说加利恩拔你的头发呢！你且等着，请你尝这棍子的滋味；那时你才知道做霸王是怎么的一回事了。

默 什么，一个犬儒敢举起棍子来向着我么？你这厮，你忘记那一天，因为你那尖利刻毒的舌头摇得太放肆了，我几乎要把你钉到十字架上去么？

犬 是呀，现在轮番到你，被钉到——桅杆上去了。

密 奶奶，我怎样呢？我是不算在账里的么？因为我穷，所以我应该最后上船么？

克 你是谁？

密 皮匠密古罗斯。

克 一个皮匠么，你不能等候到你的轮番么？你且看这个霸王；他给我多少贿赂，只想得短期的放免。现在你又不很喜欢迟延，这也奇了。

密 我的运命太太，这是这样的。我在古克罗布思的那允许里，只能得到一点空的安慰；他说道：

“乌谛思将被最后吃。”①最先也罢，最后也罢，同是那一副牙齿等候着。至于那富人，便和我不同了。我们彼此的生活，正如他们所谓对角似的相反。这个霸王活着的时候，算是幸福的人，也被大家所怕惧，所尊敬。他有他的金子和银子，他的美服，他的马和他的筵宴；他的俊俏的侍童和他的美丽的夫人们，——却须舍了他们一切而去了。无怪他是烦恼了，感着离别的苦了。我不知道这是怎么的，但那些东西却有点像黏竿：人的灵魂黏住在上面，不大容易脱开；他们渐渐的变成他的身体的一部分了。不，这好像是人被锁链缚在一起了，没有东西可以把他敲破；用了强力被拉开了的时候，他们叫唤起来，请求宽宥。他们在别的事情上着实胆大，但是倘若把这冥土的路指点给他，他们便变成懦夫了。他们要回过头去，永远望着他们所留下的东西，无论是怎么远了，——好像那些生了相思病的人。那边的呆子也正是这样的：我们走

【原注】

① 古克罗布思（Kyklops），义云圆目，巨人，独眼食人。阿迭修思（Odysseus）航海为其所得，诡称乌谛思（Outis），义云无人。巨人许以最后被食，阿迭修思乘其醉卧，将独眼刺瞎而遁。巨人大呼：“我为乌谛思所杀了！”同类闻声而来，曰：“你为无人所杀，当系天罚，无能为力。”事见希腊史诗《阿迭修思故事》（*Odysseia*）中。

着的时候，他却想逃回去了，随后又是那样的请求，使你听得麻烦起来了。至于我呢，我在世上没有什么留恋：田地和马，银钱和财产，名誉，肖像，——我一样都没有；这个便是我的全副装束了。我只要亚忒罗波思一点头，——我那时正在做一只靴子，我立刻抛下了皮刀和牛皮，跳了起来，也不等穿好鞋子或是洗掉手上的靴墨，却一径加入行列，喔，而且还走在前面，只向对面望着；我没有东西遗留在后边，可以值得我的回顾的。老实说，一切的事都似乎很好了。一切平权，没有一个人比他的邻人更好；这是很中我意的。据我的研究所得，在这国度里没有讨债的，也不收税；还有更好的是冬天没有寒颤，没有疾病，没有上等人的蹂躏。一切都是和平。桌面是翻过来了：笑的是我们穷人；这是那些富人要去呻吟，要觉得不舒服了。

克　我的确看见你刚才正笑着哩。这是什么事特别使你高兴呢？

密　最好的女神，我告诉你。我住在一个霸王的间壁，我留心看他家里的一切的事情；在我看去他正是一尊真正的神灵了。我看见那刺绣的紫衣，成群的廷臣，金子，珍饰的酒杯，银脚的躺椅；我想，这才是幸福了。至于他的大餐做好时候的香味，我真是当不住了；这样的快乐似乎是超人间的了。还有他的高傲的容态，庄严的步相和高大的车子，都使观众不禁钦敬。似乎他一定要比别人更是端整，要更高一尺半罢！但是他死了的时候，样子很委琐，他的所有的华丽都没有了；虽然我笑自己要比笑他更其多，因为我原来只凭了烧烤的香味，崇拜那些渣滓，又把拉该台蒙的海蜗牛的血（古代的紫色染料，紫衣系王所穿）当作幸福看哩！还有那个放重利的格尼封，懊悔他不曾尝过财富的滋味而死，把他的钱都留给了他的最近的亲戚，他的养子，浪费的罗陀哈勒思，虽然他本来可以自己享用的。我看见他的时候，我笑得似乎要止不住了：试想他平常的样子，青白枯槁，满脸忧虑，在他身上只有指头总算有钱的，因为他们有金子数，——一点一点的把钱刮了拢来，却只给那幸运的骄儿罗陀哈勒思顷刻中消费净尽！——但是我们现在还等什么呢？在路上还有工夫够看他们哭丧着的脸，尽量的去笑哩。

克　上船去罢，那么船夫可以起他的锚。

哈　怎的，怎的！你做什么呢？这船已经满了。你等到明天罢。我们在早上可以渡你过去。

密　你怎得把我留下，——一个一昼夜的鬼魂？我通知你，我要在拉达曼都斯的面前告你去。呸，船已经开了！我独自被遗下在这里了。但是，且住，为什么不跟了他们游泳过去呢？即使我困倦了也不打紧，死人未必再会溺死罢。而且我本来也没有一个铜子去付渡船钱。

克 密古罗斯，住了！你不能这样的渡过去：是不准的。

密 哈，哈！我将先到那边了，我可以相信。

克 这是不行的。我们须得追着他，把他拉起来。……赫耳美思，你拉他一把罢。

哈 他上了来坐在什么地方去呢？我看，我们挤的满满了。

赫 坐在霸王的肩上，你说怎样？

克 好个计较。

哈 那么你坐上去罢，叫那个流氓的背脊发痛。现在我们一路顺风罢！

犬 哈隆，我还不如当场把实情告诉了你罢。我的过渡的那一个铜子是无从出的；我只带着我的口袋，你看，和这根棍子。但是你倘若要人帮你戽水，我是在这里；我也能够拿一枝桨；只要给我一枝结实的桨，你就决没有什么废话可说了。

哈 那么，你去扳桨罢，我不再问你要渡船钱了。

犬　我可以唱一支曲么？

哈　大可以唱，倘若你有一支航海歌在那里。

犬　我有好几支哩。但是，你看，反对的东西唱起头来了：一支哀歌。这是我所敌不过的。

鬼魂们　啊，我的田地，我的田地呀！——唉，我的钱，我的钱呀！——告别了，我的宫室呀！——那厮将要花费净尽的成千的金子呀！——唉，我的孤弱的儿女们呀！——试想我去年所种的蒲陶树呀！谁呢，唉，谁将去摘那蒲陶呢？——

赫　密古罗斯，你为什么不说一声啊或是一声唉呢？鬼魂渡过这条河而不作呻吟，这是很不合规则的。

密　你去罢。我要那些啊同唉做什么呢？我正享乐这趟旅行哩！

赫　但是，呻吟一两声罢。这是必须的。

密　那么，倘若必要，我就开始罢。——告别了，牛皮，告别了。唉，鞋底，旧鞋底呀！啊，旧的靴子呀！我真不幸呀！我将不再饿着从早上坐到夜里；将不再在冬天赤着身子，赤着脚，牙齿相打着，上下的走了！我的皮刀，我的钻子，将为别人的东西了！谁的，唉，谁的呢？

赫　好，这也就够了。我们将到那边了。

哈　等一会罢！请大家先给渡资。你的钱呢，密古罗斯？别人都付了；一个铜子。

密　你未必真想从可怜的皮匠拿一个铜子罢？哈隆，你说着玩笑罢咧；否则就是他们所谓“空中楼阁”了。我还不知道你的铜子是方的还是圆的呢。

哈　这一趟赚钱的旅行，真是的。然而，——都上岸去罢！我还得去载那些牛马狗和别的牲畜。现在是轮到他们了。

克　赫耳美思，你便一路照管他们前去。我渡回去，要去看那些支那人，印度爸和海拉妈。他们为了争疆界而开战，此刻正互相杀着呢。

赫　鬼魂们，来罢，让我们前去；跟着我，排作单行。

密　阿呀，好暗呀！美貌的末吉洛思现在在哪里呢？这里是分不出辛密赫和茀吕纳来了。一切的颜色都是一样，没有什么美不美的问题了。呀，我以前觉得很旧的那外褂在这里却同紫袍一样的及格：暗黑把两面都遮过了。古尼斯科思，你在什么地方？

犬　你听着，我在这里。我们可以同走。你说怎样？

密　很好，你把手给我。——我想你曾经受过呃娄西斯的密戒罢？那里情形想必有点同这个相像，我猜想？

犬 很相像。你看，那边来了一个拿火把的人：凶猛可怕的太太。或者是，一个报仇女神么？

密 看去很是相像。

赫 谛西福纳，他们到了，一千零零四。

谛 到得正好。拉达曼都斯正等着呢。

拉 谛西福纳，带他们上来。赫耳美思，他们应该上来的时候，你点呼他们的名字。

犬 拉达曼都斯，倘若你爱你的父亲宙斯，请你先把我审查了。

拉 为什么呢？

犬 有一个鬼魂，他在世间的种种恶行，我现在极想来把他告发。要使我的见证有点价值，你必须先相信我自己的性格和品行。

拉 你是谁？

犬 公祖，我是古尼斯科思，一个哲学的学生。

拉 上来受审判罢；我就先收受了你。赫耳美思，叫原告人等上来。

赫 有人对于这个古尼斯科思有什么控诉者，上前来。

犬 没有一个人！

拉 唉，但这还不够，我的朋友。脱去你的衣服，我且一看你的火烙印。

犬 火烙印？你在什么地方去找这些东西？

拉 凡夫并不曾犯过罪，但是他带着罪恶的秘密记录，印在他的灵魂上面。

犬 我脱得精光了。现在看那“火烙印”罢。

拉 从头顶到脚跟都是干净，只有三四块很淡的痕迹，几乎看不出来了。喂，这是什么缘故呢？这里有几处表示铁印的痕迹，却又显然的擦去或是挖去了。古尼斯科思，你怎样的说明这个原委？你怎样重得这一身干净的皮张来的呢？

犬 在先前的时候，我还不懂道理，过着一种恶生活，因此得到了许多火烙印。但是自从学习了哲学以后，我渐渐的从我的灵魂上把一切的疤记洗去了，——感谢那可佩服的洗涤的效力。

拉 你到那福地（Elysion）去罢，在那里你可以得到上好的伴侣。但是在你未去以前，我们须得先听你的对于那个霸王的弹劾。——赫耳美思，叫第二个鬼魂来。

密 拉达曼都斯，我的是一件很小的事情，我不要你多费工夫。我早已脱光了，所以请你就审我罢。

拉 你是什么人呢？

密 皮匠密古罗斯。

拉 很好，密古罗斯。干净的再也没有了，各处都没有一点痕迹。你可以和古尼斯科思同去。现在是那霸王了。

赫 传默伽本德斯，拉古兑斯的儿子。你往哪里去呢？这边来！这厮，霸王！谛西福纳，撮着颈项，抓他上去！

拉 古尼斯科思，你的告发和你的证据呢？被告在这里了。

犬 这里实在是无须什么告发。你从他身上的痕迹就可以知道他的为人了。但是我的话也足以揭发他的隐密，使他的性格更容易明了一点。当作一个公民所论的这个恶物的私德，我可以不必多说了。率领了一群卫兵，又借了无法无天的党羽的帮助，他反叛自己的故国，建立起不法的统治来。没有审判而被他处死的人须以千计，因没收他们的财产，才造成他的巨富。自此以后，没有一样可以想到的恶事，他不曾做过的。他的不幸的市民受尽一切的凶残与侮辱。处女们被污，少年们被辱，人民的感情各样的被伤害了。他的无礼的傲慢，他的对人的强横的态度，是这样厉害，无论你的哪一种判罪都不能相抵。一个人还不如去定睛看那炎炎的太阳，比看那个霸王更要安全些。至于他的刑罚的精细残酷，那是形容不尽，而且就是他的亲友也不能免。这一项告诉并不是没有十足的证据，只要你召集那些被害的一问便明白了。——不，他们无需召集；你看，他们都在这里了；他们围绕着，好像是要把他扼死了。拉达曼都斯，这些人都中了他的恶计，因而被害。有的是因为他们妻女的颜色，为他所注意；有的是因为儿女被污的怨恨；有的是因为他们的财产；有的又是为了他们的理解，他们的节制，和他们对他的行为的固定的非难。

拉　恶汉，你对于这个有什么话说呢？

默　我犯了所说的那些谋杀。至于其馀的，那些奸通污辱和诱拐，都是诳话。

犬　拉达曼都斯，关于这几项，我也能够去找出见证来。

拉　呃，见证？

犬　赫耳美思，请你传他的灯和床。他们会到来做见证，陈述他们所知道的他的品行的实情。

赫　默伽本德斯的灯和床，进法庭来。好，他们应召来了。

拉　现在告诉我，你们所知道的关于默伽本德斯的事情。床，你先说来。

床　古尼斯科思所说的都是真话。但是，拉达曼都斯先生，我实在不大愿意说起这件事来；我的头上常有这样奇怪的事情出现。

拉　你的不愿意说，便是一切的最有意义的见证了。——灯，现在你说罢。

灯　白天里所做的事我不曾见到，因为我不在场。至于他夜里的行为，愈少说愈好。但是，我见过好些奇异的事情，实在奇异得厉害。那时候我屡次故意的不再吸油，想独自熄掉了，但是他总把我拨了上来。这实在就够使一盏灯得到坏名声了。

拉　口头证据已经够了。现在你脱去那件紫衣，我们且看你的火烙印是怎样。阿唷，这个人简直是一面网文！印得遍身乌青了！那么我们给他什么刑罚呢？火河（Pyriphlegehon）的洗澡么？或者还是三头犬（Kerberos）的慈悲呢？

犬　不，不。请恕我，——我有一个新的计较，正与他相宜的一种办法。

拉　什么呢？你提示我，我很感激。

犬　我猜想，平常亡魂都要喝一口忘川的水罢？

拉　正是。

犬　让他是一个特别的例外。

拉　这是什么意思呢？

犬　他的世间的荣华与权力永远在他的心上，他的手指永远忙着数那幸福的项目；——这是一种重罚哩！

拉　真的。就把这个作为那霸王的判决。把他带着镣铐放在丹泰洛思（Tantalos，宙斯子，被罚入地狱中）的旁边，——永远不忘记世间的事情。

路吉亚诺思（Lukianos）本叙利亚人，生于二世纪时，在希腊罗马讲学，用希腊语作讽刺文甚多。此篇本名《上岸》（*Kataplous*），用问答体；他的这种对话（Dialogoi）用了散文的哲学问答的体裁，写出古喜剧的精神，开创新体，为后世所宗。所作各对话中，有《娼女问答》三篇，曾由我译出登在《晨报》附刊上。

（一九二二年九月二日记）

上文所云三篇《娼女问答》现收录在《陀螺》里边。

（一九二七年一月二十七日附记）

爱昆虫的小孩

［法国］法布耳原作

现在人们把一切的事都归到遗传上去，便是说人和兽类都从他们祖先承受到各种特别的本领，而祖先又经过许多代才把这些本领逐渐养成。这个学说我不很赞同。现在我要把自己的故事告诉你们，表明我的爱昆虫的性情并不是从哪一个祖先承受来的。

我的外祖父和外祖母都毫不留心什么昆虫。我不曾见着外祖父，但我知道他过了一世困苦的生活，我相信他倘若遇见一个虫，他所做的事只是用脚把他踏死。外祖母是字也不认得的，当然更不问什么科学或昆虫了。有时候她在桶里洗菜，倘若发见一条青虫在莴苣叶上，她就要骇了一跳，把这可憎的东西抛掉。

祖父母呢，我是很知道的。我从五六岁的时候起便跟着他们过日子，因为我的父母太贫穷，顾不到我的身上。祖父母远在乡间，住在一个精穷的田庄里。他们不认识字，生平不曾翻开过一本书。祖父知道许多关于牛羊的事，但此外更不知道什么东西。他如前知他的家族里的一个人将来会消费他的光阴去研究那些无聊的虫子，他不知将怎样的惊愕。倘若他猜得出那个疯子便是坐在他的桌旁的我，我怕要在颈子上受到一大拍。他将吆喝道："怎么，浪费了光阴去干那样胡闹的事么！"

我的祖母要洗衣服，管理小孩，预备饭菜，纺纱，养小鸡，做乳皮乳清黄油腌菜等，太忙碌了，没有工夫再去想别的事情。有时候在晚上我们围了炉火坐着，她常给我们讲那住在野地①上的狼的故事。我极想去一见那个狼，使我们心惊肉颤的故事的主人公，但我终于不曾去。亲爱的祖母，我蒙你不少的恩惠；这是在你的膝兜上，我得到初次烦恼的慰藉。你传给我好些你的身体的壮健，好些耐劳的性质；但是你的确不曾给我那爱昆虫的性情。

我的父母也都不曾给我这个。母亲是全然不识字的，父亲幼时进过学校，略略知道读书写字，但是谋生太忙了，更顾不到别的事情。他看见我在软木塞上钉住一个昆虫的时候，头上重重的凿上一二下，那便是我所得到的所有的奖励了。

【锺校】

① 原无"地"字，今增。

但是我开始观察，开始研究万物，在我还是婴孩的时候。我的这个倾向的最初的记忆，说起来颇有趣味。五六岁的时候，有一天，我站在田庄前面的原野上，穿着一个污染的粗呢衫，披拂到我裸露的脚跟；我又记得那手巾用一条绳挂在我的腰间，——一块手巾，我惭愧的说，时常遗失，用了我的袖子[①]替代。

我的脸向着太阳。煊赫的光辉使我眩惑了。便是飞蛾也没有这样的为灯光所诱引罢。我站在那里，对自己发问。我用了什么去享受这光辉，用我的嘴还是用我的眼睛呢？读者，请不要笑：这乃是真的科学的好奇心。我大张着嘴，闭了眼睛：那光辉不见了。我张开眼睛，闭了嘴：那光辉再现出来了。我重试一次，得着同一的结果。这问题是解决了，我从归纳法上得来，我是用眼睛看见太阳了。啊，怎样的一个大发见呵！当天晚上我把这件事告诉家里的人知道。祖母很亲爱的微笑我的淳朴，别人听了都哄笑起来了。

这是第二次的发见。黄昏时候，在邻近的丛莽里，有一种声音引起了我的注意，在暮色沉寂之中很柔和微弱的响着。什么东西在那里作声呢？是一只小鸟在窠里叫着么？须得去考察出来，而且非赶紧去看

【锺校】

①“袖子”原作“袖底”。

不可。他们告诉我，那里有一只狼，在这时候从树林里出来。但还是去看一下罢，只是不要走得太远就好了：且到那里，在那阴暗的树丛的后面。

我站着守候了好久，终于无效。只要我在丛莽中一动，轻轻的发出声响，那叫声就止住了。第二天我又来试听，第三天也是如此。这一回，我的固执的守候成了功了。一把抓下去，我捉住了那歌人。那并不是鸟；他是一种蚱蜢，游戏的同伴教过我，他的后腿是很好吃的：这是报酬我长久守候的一件微薄的奖品。这件事情里最好的部分却并不是那有虾味的大腿，而①是我刚才学到的知识。因了亲身经验，现在我知道蚱蜢会歌唱了。我没有发表我的新发见，因为怕那对于我的太阳故事同样的哄笑。

啊，在屋外邻近的田里是怎样美丽的花呵！他们似乎用了大而蓝紫的眼睛对着我微笑。随后，我看见开过花的地方都是一球球的大红樱桃。我摘来尝吃。他们不很好吃，而且又没有核。这些樱桃是什么呢？到了夏末，祖父拿了铁铲出来，把那田都掘过来了。从地底下出了一种圆根，整筐整袋的装。我认得那种根；在家里很多，我时常拿来在泥炭炉里煨煮，那便

【锺校】

①“而”原作“但”。

是马铃薯。他的蓝紫的花和红的果实，便从此永远的安排在我的记忆上了。

带着对于动物植物永久注意的眼，那未来的观察者，六岁的小猴儿，全是意外的独自在那里实习。他跑到花里去，跑到昆虫里去，正如大白胡蝶之就甘蓝，红胡蝶之就蓟花。他观看而且研究，为一种好奇心所牵引，其秘密为遗传所不知道的。

过了几时，我回到村里，到父亲的家里去了。我现在是七岁，正是进学校去的时候。事情再好也没有的，因为教师就是我的教父。我把那初学字母的那间屋子叫做什么才好呢？这很难找到一个适切的字，因为这屋是供一切之用的。这是一个学校，也是一间厨房，卧房，餐室，而且有时又是鸡埘和猪圈。宏大的学校在那时是未曾梦想到；无论什么小房子便都觉得尽够好了。

一个宽阔的梯子通到楼上去。梯子底下围着板壁，放着一张大床。楼上是什么地方呢？我全然不知道。我只看见教师有时拿下一抱干草来喂驴子，有时拿下一篮马铃薯来，主妇就倒在给小猪煮食料的那个锅里。这大约是一种顶阁，存放人畜的粮食的堆房罢。这两间屋便是全家里所有的房间了。

且回过来说那楼下的教室，一个窗门向着南方，是屋内唯一的窗，低而且狭，你可以用你的头和两肩同时触着这窗门的框缘。这个向阳的窗口是全家里唯一明亮的地方：从这里可以俯视沿着山谷斜坡散置着的村庄的大部分。在窗下便是教师的一张小桌子。

对面的墙上是一个龛，放着一个满盛着水的烁亮的紫铜水桶。口干的小孩们可以用了搁在近旁的一只杯子，随意的喝水解渴。龛的上边是几层格子，明晃晃的都是锡盘，碟子和杯盏，只在有大事情的时候才拿下他们的宝座来。

凡是光线照着的地方，差不多到处墙上都贴着粗糙地着色的图画。靠着对面的墙是一个大火炉，中间是炉灶，但左右两旁有两个半身高的壁厨，半木半石。厨里是卧床，铺着满装谷壳[1]的厚垫褥。两块抽板当作窗门，倘若愿意安静的睡，便可以关闭起来。这两张床是家中宠儿所用的，便是那两个寄宿生。他们晚上一定睡的很是舒服，关上了床门，外边北风在暗黑的谷口吼叫，吹得雪片乱滚。其馀的地方都被炉灶及其附属物所占据，如那些三足凳，挂在墙上干燥的盐盒，须用两只手拿的重的铁铲，还有那火筒，正如我在祖父家里鼓着两颊吹过的一样。这是用一枝大

【锺校】

①“壳”原作“亮”。

松树做的，中间用了烧红的铁条打通一个孔；人家就从这个孔里吹出气去。炉外边用两块石头当作柴架，先生的一捆柴和我们各自的木柴[1]都在那里燃烧闪动，——我们各人倘若想分享烘火的权利，照例每天早晨须得带一根木柴来。

然而这火并不是专为我们而生的，第一件却是为的要去烧那三个一排的罐，其中煨着小猪的食料，马铃薯与米糠的杂拌。这是所以生那柴火的目的，虽然我们各出一根木柴。两个寄宿生，坐在矮凳上，在最好的地位，我们其馀的都蹲着坐在自己的脚跟上面，环绕着满到锅边而且哺哺的响，喷出一阵阵的热汽的大罐，成为一个半圆形。我们里边胆大的人，趁先生没有看着的时候，拿小刀戳起一个煮熟的马铃薯，放在自己的一片面包上；我要老实说，倘若我们在学校里没有学到什么功课，至少是吃的很多的。这是一个老例，在我们写字或习算的时候，一面总在那里剥几颗壳果，咬一片面包皮的。

我们较小的孩子们，在这吃而且学的幸福之外，时常还有别的两种愉快，都是同剥壳果一样的好。后门通到一个院子里，那里有母鸡带着她的一窝小鸡搔

【锺校】

①“木柴”原作“木材”，下同。

爬觅食，又有一打的小猪在他们的石槽里打滚。这扇门有时开放，容许一个人出去，这一种的特权我们时常滥用的，因为我们狡猾的同学特地注意当回来时不把门关上。于是那些小猪就陆续的都跑进来，闻见了那煮着的马铃薯的香味。我的板凳，最幼小的儿童们所坐的，靠着墙，在那铜水桶底下，正当着小猪的路。他们进来且跑且叫，卷着他们的小尾巴；他们擦着我们的腿；他们把红的鼻子塞到我们手里来，找寻面包皮的碎片；他们用了精明的小眼睛看我们，问我袋里有没有一个干栗子给他们吃。他们这边那边的走过了一个圈子，先生的手巾很和善的一挥，于是他们又回到院子里去了。

其次，是母鸡带了她的穿天鹅绒的小鸡们来访问我们。我们都很热心的研碎面包给那些美丽的小客人们。大家互相竞争着把他们叫到旁边去，用手指抚摩他们柔软蒙茸的背脊。

在这样的一个学校里，我们能够学得什么呢。各个幼少的学生手里都有——或者总算都有一本一个铜元的小书，是一幅字母，印在灰色纸的上面。在书面上，起头是一只鸽子，或是差不多的东西。其次是一个十字架，随后排着字母。倘若这小书是有点用处的，先生应当讲些什么给我们听。但是他老人家太用心于年长的学生了，没有这些功夫。他把书给我们，不过使我们像个学生模样罢了。我们只好坐在板凳上自己去研究，借了近邻的帮助去读他，倘若这邻人知道一两个字母。我们的学习终于毫无结果，因为时常纷扰，去探望罐里的马铃薯，和同伴相争计较石弹，或遇见小猪的叫唤闯入与小鸡的到来。

年长的学生常常写字。他们有特别的便利，从狭窗进到屋里的一点光明，唯一的大桌与周围的座位。学校毫不供给东西，连一滴墨水也没有，各人须带了全副文具来上学。那时所用的墨水瓶是一个长的纸板盒，分作两层。上层放笔，系火鸡或鹅毛管用刀削尖，下层一个洼里盛着用烟煤和醋所做成的墨水。

先生的重要事业是修笔，其次是在空白书页上头写一行笔画、字母或单字①，应了学生的程度而定。写完之后，大家可以注目看那装饰写字本的美术品了：先生的手靠在小指上面，预备下笔，看他的腕关节怎样的波动呵！突然的那手动了，飞了，舞了；看呵！在那一行字的底下，显出一串圆圈螺旋和曲折，画成一只张翼的鸟，全用红墨水，只有这一种墨水才

【锺校】

①“写一行笔画、字母或单字”原作“写一行笔，画字母或单字”。

与这样的笔可以相配。我们大大小小的人站在这个神异的前面，都出了神了。

在我的学校里读些什么？至多是法文的几节《圣书纪事》的选读罢了。拉丁文还要常读些，教我们能够正当的唱晚祷歌。

历史地理么？没有人曾经听见过这些东西。这地是圆的还是方的，于我们有什么关系！无论怎样[①]，使地面产生一点东西反正是一样的困难。

文法呢？先生不很想到这个，我们更不想了。还有算学呢？是的，我们做过一点，但不是这个高深的名字。我们叫他做“得数”。礼拜六的傍晚，有一回得数大会，结束这一礼拜的功课。领班的学生们站起来，高声背诵九九表，凡十二遍。这个朗诵既了，全班学生连幼小的在内，同声合唱，造成一种狂叫，倘若那时小鸡和小猪正在屋里也就吓的跑了出去。

总而言之，我们的先生是一个很好的人，他本来能够把学校办的很好，倘若他不是缺少一件东西：这就是时间。他代管一个不在本处的地主的产业。他保管一所旧庄院，有四个塔楼，却早已变了许多的野鸽子窝了；他指挥那些收获干草核桃频果雀麦的事情。

【锺校】

①“无论怎样”原作“怎无论样”。

在夏天，我们时常去帮他的忙。那时候的功课便比较的不很无聊了。大抵所教的，都是干草或稻草的事；有许多时候，上课时间都用在收拾鸽栅，或者踏死那在雨天里从园中黄杨木篱笆间巢穴里跑出来的蜗牛。

我们的先生是理发匠。用了他的轻妙的右手，那样巧妙的画出卷尾鸟来装饰我们写字本的手，他给本地名人剃面，如村长，牧师，律师等。我们的先生又是撞钟手。人家有婚事或洗礼，便把功课中止；他须得去撞一番钟。一阵风暴也给我们一天假；那口大钟必须去撞，以避雷雹。我们的先生又是教会的歌咏队。我们的先生又管理村里大时辰钟的事务。这是他最自负的职务了。向着太阳望一望，约略知道是什么时候，他便爬上塔顶去，打开一个大木笼，钻进轮机混杂的里面，这些秘密只有他一人知道。

这样的学校，这样的教师与模范，将使我尚未发达的自然的趣味变成怎样呢？在那些环境里，似乎只能灭亡，永远压住了。然而不然，这胚种终有生命；他在我的血脉里活动，永不离去。他到处寻得食料，下至我那一个铜元的字母书的书面上；上边很粗率的画着一个鸽子，我研究他却比那些字母还要热心。他的圆眼，带着细点的一圈，似乎对我微笑。他的翅膀——上面的羽毛我都已一一数过——告诉我美丽的云间的高飞；他带了我到山毛榉的林里，高举着滑泽的树干，下铺苔毯，间生树菌，好像游行的母鸡所生的鸡蛋；他又带了我到戴雪的山峰，在那里群鸟遗留下他们红脚的星一般的痕迹。他是一个好人，我的鸽朋友；他慰藉我，消遣那隐藏在书面底下的忧苦。感谢他的惠顾，我才能安静的坐在我的矮凳上，等候放学。

户外的功课，别有许多佳趣。先生带领我们去弄死黄杨木丛里的蜗牛的时候，我并不一定照行。我搜集了一握蜗牛，将要踏下去的时候，我的脚有时迟疑了。他们是如此美丽！试想，那里有黄的与红的，有白的与棕色的，都带着暗黑的盘旋的斑纹。我取最美的装满了各个衣袋，以便闲暇时再去赏玩他们。

在先生的田里制干草的几天里，我与青蛙相结识了。把他剥去皮，插在劈开的树枝的尖端上，可以当作饵去引诱小蟹走出河边的洞穴来。我在赤杨树上捕到呵布利亚，那种使青天失色的美丽的甲虫。我采摘睡水仙，用了舌尖试取他藏在花冠底里的蜜露。我又试出，这蜜吃的太多要发头痛，但这个缺点不妨害我欣赏这鲜艳的，在漏斗的颈间带着狭的红领的白花。

我们去打核桃的时候，那荒芜的草地给我许多蚱蜢，有的张开翼来成为一把蓝扇，有的成为红扇。乡间的学校，因此即使是在深冬，也把食料不断的供给[①]我对于一切的好奇心。我的爱好动物植物的心情便自然的发达起来了。

所不进步的是我认字的本领，因为爱那鸽子所以把这方面荒疏了。我还是那样的程度，全然弄不清那一套字母，这时候我的父亲忽然的感触到，从镇里给我买了一本书来，这才是我的读书路途上的出发点。这是一册大的印本，价约六分，图都着色，而且分部，各种的动物用了他们名称的第一个字，教人认识字母。我从神圣的动物起首，驴子名叫 Ane，第一个字大写，教我 A 这一个字。牛（Boeuf）教 B 字，鸭（Canard）教 C 字，火鸡（Dindon）教 D 字。其馀就这样下去。有几部的确不很清楚。我对于想叫我说 H，K 和 X[②] 三个字的河马（Hippopotamus）叫唤鸟（Kamichi）与犎牛（Zebu）都没有什么好感情。但是不要紧；在困难的时候父亲便来帮助我；我进步很快，所以不到几天我能够回过去切实的读那本以前不能了解的小鸽子书了。我已经知道诀窍；我知道怎样的拼音了。我的父母都很惊异。到了现在我能够说明

【锺校】

① “给”原作“结”。

② 此处疑误。

这个意外的进步的缘由了。那些会说话的图画介绍我到动物朋友中间去，与我的趣味[1]正相和合。我应感谢动物们教我读书。以后永远便是动物！

第二次好运又惠顾我了。因为我学会读法，父亲给我一本拉芳登的寓言，是普通廉价版，挤满图画，很小而且极不正确，但仍是有趣。这里是乌鸦，狐狸，狼，喜鹊，青蛙，兔，驴子，狗，猫，都是我的熟识的伴侣。这本华丽的书和那些画着动物行走谈话的略图，非常的中意。至于理解书里所说的话，那是别的一件事情！这不要紧！你只把拼音念出来，现在虽然他还不对你说话，过几时便会同你谈起天来，拉芳登将永为你的朋友了。

现在讲到我已十岁，在洛代学校的时代了。我在学校里名望颇好，因为我善于作文和翻译。在那古典文化的空气里，常听到关于亚尔巴王布洛凯思和他的两个儿子奴米妥耳与亚木留斯的故事。我们听说那强膐的人古诺吉洛思，战争中失了两手，还能用牙齿拖住一只波斯的兵船；还有那斐尼基人凯特摩思，把龙牙像蚕豆一般的播种下去，随后收获了一群甲士，从地里出来便互相攻杀。那一个杀剩的遗民，其身体坚

【锺校】

①“味”原作“昧”。

韧如皮革，大约是后边的大牙的子孙了。[①]

倘若他们对我讲月亮里的人的故事，我也未必更出惊了罢。我却用了我的动物把他补偿过来了。我一面感服凯特摩思与古诺吉洛思，每逢礼拜四和礼拜日大抵一定跑到田野上去看牛唇草，和黄水仙曾否开花，或红雀是否在杜松丛中孵化了，或栗壳虫曾否从风摇的白杨树上落下。

我渐渐的读到威吉尔，见到诗中美列波思，科吕顿，美那凯思，达摩太思等人物，很令我感动[②]。在这些脚色活动着的画面里，有许多关于蜜蜂，蝉，鹧鸪，乌鸦，山羊，金雀枝等的精细的描写。这些田野的故事，照着响亮的原诗朗诵起来，真是一种快乐；这个拉丁诗人于是在我的古典的回忆上留下了一个永久的印象。

随后突然的与我的功课告别，与帖都路思和美那凯思告别了。恶运毫无慈悲的掩袭我们，饥饿迫胁家里的人了。现在你可信托上帝；各处奔走，去尽力的赚得你的一片马铃薯罢。人生将要成为可怕的地狱。让我们快快的走过去罢。

【原注】

① 此节所说皆希腊罗马的神话传说。

② 以上皆威吉尔（Virgil）牧歌中人名。

在这悲哀的时期，我的爱昆虫的心应该消灭了。却并不然。我还记得怎样的初次遇见的一个松树上的栗壳虫。他的触角上的羽毛，深棕色背上白点的美丽的图样，是那时阴暗的患难生活中的一线阳光了。

把长的故事缩短了说：幸运——他是决不舍弃勇敢的人的——终于介绍我到伏克吕斯初级师范学校去，在那里我的食料是不愁缺乏的了，如那些干栗子和大黎豆。校长是一个意见宽大的人，不久就很信用这新的助教。他完全任我自由行动，只要我能胜任课程，在那时候这也是不很高深的。我比同学诸生的程度略高一点。我利用这个机会，整理我的关于动植物的笼统的知识，使略有秩序。大家正在互校默写的答案的时候，我常在书桌抽斗底里检查夹竹桃的子，金鱼藻的子囊，胡蜂的刺和甲虫的翅甲①。

我从这样偶然而且秘密地拾到的博物学里尝到了一点滋味，所以我出学校时比以前更深的爱那昆虫与花了。然而我还只能把他搁起。自然史这项功课不能给我找到位置。那时的校长都看不起他，拉丁希腊文与算学是必修的科目。

于是我竭力的去研究高等数学；这是一个苦斗，

【锺校】

①“甲”原作“匣”。

倘若世上曾经有过；没有教师，整几天的和奥妙的问题对抗。其次我照样的研究自然科学，凭借了一个不可能的实验室，便是我自己两手的工作。我非本意的做下去；我把我的博物学书都藏在箱子的底里。

末了，我被派到亚札西阿学校去教物理和化学。这一回，诱惑可是太大，叫我[①]抵当不住了。海和他一切的神异，海岸满铺着美丽的贝壳，桃金娘，杨梅和其他的树：这华美的自然之乐园比几何三角更要动人。我降服了。我把我的闲工夫分作两份。大部分用在数学上，我想借此在世上谋点出路；其馀的一部分，非常踌躇的，应用于采植物，以及寻找海里的宝物。

我们永不会知道将来我们情形是怎样。我少年时费过这许多工夫的数学，于我几乎没有什么好处；当初竭力想避开的动物却是我老年的慰藉。

我在亚札西阿遇见两个有名的科学家：勒建，是一个知名的植物学者；摩更丹顿，是教我自然史的第一课的人。他寓在我的家里，因为旅店住满了。他临行的前一天对我说："你于贝壳很有兴味。这是好的，但还不够。你必须看到动物的内面去。我将告诉你应该怎样的做。"

【锺校】

①"叫我"原作"我叫"。

他从女红篮里拿起一把剪刀和两根针，在满盛清水的汤盘上解剖蜗牛给我看。他逐渐说明并且画出摊在我们眼前的各种器官。这是我一生曾经受到的，唯一的而且永远不能忘记的，关于自然史的功课。

现在应当把这篇讲我自己的故事结束起来了。从这一篇里可以看出从很小的时候我就很爱好自然的事物。我又有观察的才能。为什么缘故，又是怎样起来的呢？我不知道。

我们人与动物都有些特别才能。有个小孩喜欢音乐，别一个时常用泥土塑出东西来，又一个长于计算。在昆虫也是这样。一种蜂能够切叶，别一种建筑泥房，蜘蛛知道织网。这些才能因为存在所以是存在，人们所能说的只是这一句话罢了。在人类里，我们称这特别的才能曰天才。在昆虫里，我们称他作本能。本能即是动物的天才。

今天是法国“科学之诗人”法布耳（Jean Henri Fabre，1823—1914）的诞生百年纪念。他的世界闻名的著作是一部十一卷的《昆虫记》（*Souvenirs Entomologiques*），以及给儿童看的许多科学故事书。他的大著中所讲的是昆虫的生活，但我们读了却觉得比看那些平凡的小说戏剧更有趣味，更有意义。他不去做解剖和分类的工夫，——普通的昆虫学里已经说的够了，——却用了观察与试验的方法，实地的纪录昆虫的生活现象，本能和习性之不可思议的神妙与愚蒙。我们看了小说戏剧中所描写的同类之运命，受到深切的铭感，现在见了昆虫界的这些悲喜剧，仿佛是听说远亲——的确是很远的远亲——的消息，正是一样迫切的动心，令人想起种种事情来。他的叙述又特别有文艺的趣味，更使他不愧有昆虫的史诗之称。戏剧家罗斯丹（Rostand）批评他说："这个大科学家像哲学家[①]一般的想，美术家一般的看，文学家一般的感受而且抒写。"实在可以说是最确切的评语。

法布耳的少年生活，在这一篇《爱昆虫的小孩》中说的很清楚，他的学业完全是独学得来的。他在乡间学校里当理化随后是博物的教师，过了一世贫困的生活。他的特别的研究后来使他得了大名，但在本地不特没有好处，反而造成许多不愉快的事情。同僚因为他的博物讲义太有趣味，都嫉妒他，叫他诨名做"苍蝇"，又运动他的房东两个老处女，说他的讲义里含有些非宗教的分子，把他赶出屋去。许多学者又非难他的著作太是浅显了，缺少科学的价值。法布耳在

【锺校】

①"家"原作"者"。

《荒地》(*La Harmas*)一篇论文里说:

> 别人非难我的文体,以为没有教室里的那种庄严——不,还不如说是枯燥。他们恐怕一页书读了不疲倦的,其中未必含着真理。据他们说,我们的说话要晦涩,这才算是思想深奥。你们都来,你们带刺者,你们蓄翼着甲者,都来帮助我,替我作见证。告诉他们,我对于你们的密切的交情,观察的忍耐与纪录的仔细。你们的证据是一致的;是的,我的书册,虽然不曾满装着空虚的方式与渊博的胡诌,却是观察得来的事实之精确的叙述,一点不多,也一点不少;凡想去考查你们事情的人,都能得到同一的答案。

他又直接的对着反对他的人们说:

> 倘若我为了学者,哲学家,将来想去解决本能这个难问题的人而著述,我也为了——而且特别为了少年而著述;我想使他们爱那自然史,就是你们使得他们如此厌恶的这一种学问。因此,我一面仍旧严密的守着真实,却不用你们的那科学的散文来写,因为那种文章有时似乎是从伊罗瓜族[1]的方言借用来的!

【原注】

① 伊罗瓜(Iroquois)是北美土人的一族。

我们固然不能非薄纯学术的文体，但读了他的诗与科学两相调和的文章，自然不得不更表敬爱之意了。

《爱昆虫的小孩》现在据英国麦妥思（Alexander Teixeira de Mattos）译本重译。所记幼年时事，约在九十年前，略可窥见当时法国乡村小学的情状，颇多趣味。上边的说明，多以我的随笔《绿洲》中第二章[1]为本。

（一九二三年六月二十五日记）

【锺校】

① 即《自己的园地》集中《法布耳〈昆虫记〉》。

育婴刍议

［英国］斯威夫德作，原名《免使爱尔兰穷人的儿女为其父母及国家之累，更使其有益于社会的一个平实的条陈》（一七二九年）

在这个大都会里走过，或在乡间旅行的人，每见街上路上以及小屋门口满是女乞丐，后边跟着三四以至五六个小孩，都穿着破衣，向着行人要求布施，这实在是一个可悲的景象。那些母亲们不能够去作工，过她们正当的生活，只得把工夫都用在奔走求乞上，养活她们的弱小的婴孩；至于他们呢？长大起来的时候，不是因为没有工作而变成窃盗，便离开亲爱的故乡，往西班牙去替僭王当兵，或卖身到长须岛去。（按岛为西印度群岛之一。）

我想这个意见总是各派一致的，在那母亲们——有时还在父亲们——的怀抱中，背上以及脚跟后的这许多的小孩，在本国现在可悲的境况之下，实在是一个外加的很大的患难；所以倘若有人能够找出一个切实，不费钱，容易办的方法，使那些小孩得成为国家的健全有用的分子，他可以算是有大功于社会，大家该当建立铜像，纪念这民族的恩人。

但是我的意思，并不限定单为那些专门乞丐的小孩们设法；这个范围要更大一点，包括某岁以内的全体小孩，其父母没有财力去养育他们，如在街上乞求的一样的。

关于这个重要问题，我曾经想过好几年，又仔细研究别人的许多计画，总觉得他们的计算上有极大的谬误。的确，一个初生的小孩用了他母亲的乳汁可以养育一周年，不要什么别的食料；至多，这也不出两先令（按约银一元）的价值，这个数目，他的母亲因了他乞丐的法定职业也一定可以得到的。我所提议的正是给那些一周岁以上的设法，使他们不但免于为父母或教区之累，或终身缺乏衣食，而且反能以食，一部分并且以衣，供给数千人之用。

我的计画里还有一个大的利益，便是可以防止那些故意的堕胎，那些女人弄死私生儿的恶习，——可惜，这在社会上太是常见！——我猜想，这并不专为遮羞，多半是为省费起见，把可怜的无辜的小儿做了牺牲；这种行为，就是在最野蛮不仁的人听了，也要引动他的哀怜与眼泪的了。

本国人口总数平常算作一百五十万，在这里边我计算有二十万对夫妇是生殖的；其中减去三万对，能够养育自己的子女（虽然我怕在国内现在困穷的情状之下，未必有这许多）；假定这是对的了，还馀下十七万对的生殖者。我又减去五万，抵算流产的，以及小孩在一年内因事变或疾病而死的那些女人。那么，只剩下贫穷父母每年所生的十二万个小孩了。现在的问题是，这一班小孩怎样的养育供给？如我所说，在现在情状之下，向来所提议的办法都是断难实行的。因为我们既不能雇他们做手工，又不能用他们种田，我们既不起屋（我指那乡间），又不垦地。他们又很难靠窃盗维持生活，在六岁以前，除了在几处地方他们性质特别相近；虽然我承认在更幼小的时候他们也学到初步，但那时实在还只能当作“学习员”罢了。我曾遇见凯凡（按据说是爱尔兰的最穷苦的地方）的一个大绅士，告诉我说，即使在本国以熟练此项技艺著名的地方，他所知道的案件里，六岁以下的也不出一二件以上。

我听商人们说，十二岁以下的男女孩不是可以行销的货色；即使到了年纪，他们的行市也不出三镑，至多到三镑加半克郎（按一镑约值银十元，克郎值二元半）；这一点钱对于父母或国家都没有什么用处，因为那食料和破衣的费用至少要这个四倍之数。

我现在将陈述卑见，我希望其中没有什么可以指摘的地方。

据在伦敦的一个解事的美国朋友说，一个好好喂养的壮健的周岁小儿是最好吃，滋补而且有益的食物，无论是炖，烤，烙或煮了吃；我相信这又可以做炸丸子或小炒肉吃。

我因此提出这个卑见，供公众的采择，便是在已经计算过的十二万个小儿中间，提起二万留种，其中男性只须四分之一，这实在比我们留养雄绵羊菜牛和猪已经多了；我的理由是，这些小孩大都不是婚姻——这在我国的野蛮人们是不大看重的——的结果，所以一个雄配四个雌就尽够了。所馀十万个的小儿，养到周岁，可以卖给全国内的富贵人家，只须叫母亲们在末一个月里多给小儿乳吃，务使肥胖，好供筵席之用。在朋友会集上，一个小儿可以做两样菜；倘若家庭便饭，那么一块前腿或后腿便可办一样适中的菜，或者用椒盐擦过，到第四天煮了吃，在冬天更好。

我曾平匀计算，初生小儿重十二磅，一年内如适当的养育，可以增到二十八磅。

我承认这种食品价值略贵，所以卖给田主们很是适宜，因为他们平常已经吃了许多父母，似乎也该有特权吃那些子女了。

婴孩的肉通年都是上市的，但三月前后特别的多。有一个法国著名的医学者告诉我们说，因为鱼是种子的食品，在加特力教诸国，四旬斋后九个月的时候，小儿出产比别的季候更多；所以计算四旬斋后一年，市上的货色将特别充足，因为在本国内天主教派小儿数目至少系三与一之比；因此这个办法又有附属的一种利益，即可以减少我们中间天主教派的人数。

我曾经算过养育一个乞丐的小儿的费用（所有小户人家，工人，和五分之四的农夫，我均照此计算），计每年约二先令，连破布在内。我相信绅士们当不吝付十个先令买一具肥壮的小儿的尸首，这我已说过，在他请一个朋友或和家里的人便餐的时候，可以做四盘上好的滋补的菜。如此则绅士也像是大地主的模样，很得佃户们的尊重；母亲也可得八先令的净利，可以去轻身工作，到她产生第二的小儿。

那些更为俭省的人（我应得说明，这正如时势所迫，不得不然），可以把尸首剥了皮；皮鞣了之后，正好做贵妇人们的精美的手套和风雅绅士们的凉鞋。

在我们的达布林城里，屠宰场应该特地指定，在最适当的地方；屠户呢，我相信也不会缺乏；虽然我劝大家还不如买活的小儿去，随后现宰现做，像我们烤猪的那样办法。

有一个名流，真的爱国者，他的道德我是非常尊敬的，近来谈到这个问题，对于我的计画想加以修正。他说，本国的许多绅士，近来把他们的鹿都杀尽了，所以他想现在鹿肉的缺乏大可以用十四岁以下十二岁以上的青年男女的肉来做替代；因为现在各处有这许多男女，没有作工服役的地方，正将受饿：这可以由他们的父母适宜处置，没有父母的由近亲作主。但是，我对于这样的一个好友和真心的爱国者虽然表示相当的敬服，却不能全然和他同意：因为关于那些男子，据我的美国朋友告诉我，从经验上说来，他们的肉大抵韧而且瘦，因了连续的操作，正同我们的小学生的肉一样，而且口味也不好；要养肥来又不合算。至于女子，鄙见以为吃了却是社会的损失，因为她们不久便将成为生殖者了；而且，未必没有拘谨的人们要批难（虽然其实不很公平）这种办法，以为近于残酷；老实说，对于一切计画，残酷也是我所最反对的一件事，无论原来的用意怎样的好。

但是要替我那朋友辩明一声，他也说这个方法是从那有名的沙玛那札得来的；那人原是台湾岛的土人，二十年前来到伦敦，有一天同我的朋友谈天，他说在他的本国里如有少年人处了死刑，刽子手便把尸首拿去卖给上等社会，当作最上美味。在他当时有一个十五岁的少女谋毒死皇帝，被钉十字架，她的肥胖的身体从架上一方一方的切下来卖给皇上的首相和宫中的大员们，一总卖了四百克郎。我确也承认，在这都会里的有许多肥胖的青年女子，自己没有一文资产，却非轿子不能在外边行动，身上穿着自己决不付价的外国装饰品在戏馆和会场上出现，倘若把她们也照样的利用了，于国家不见得有什么损失。

有些精神颓唐的人非常关心那许多年老，生病或是残废的穷人；我常被要求想出什么方法可以免除国家的这样一个烦累。但我对于这事毫不觉得为难，因为大家都知道，他们因了饥饿寒冷，污秽虫豸，一天一天的死下去，烂下去，正如我们所能期待的那样快。至于青年的工人，他们现今也在差不多同样有希望的景况之中：他们得不到工作，因缺乏养料逐渐瘦弱，即使有时偶然被雇去作工，他们也没有力气去作；因此国家和他们自己都很幸福的得救，可免于将来的灾难了。

我已经拉扯得太多了，现在再说本文。我想，这个计画的利益很是明白，很多，而且极其重大。

第一，如我前面所说，这个办法可以大减天主教徒的人数。在我们中间他们是逐年增加，因为他们是国内的主要的生殖者，而且又是我们最危险的敌人；

他们留在国内，预备把这国土送给僭王，想利用那许多好的新教徒不愿在家违反了良心拿出税金给副牧师，宁可离开祖国出外去的机会。

第二，那更苦的佃户们因此可以私有一点值钱的东西，依法律上可以没收，足供缴纳田主的租金的一部分，因为他们的米谷和牛早已被拿去，钱更是他们所不曾见过的东西。

第三，十万个两岁以上的小儿的养育费，约计每个每年不能在十先令以下，因此国家的财产当每年增加五万镑，此外有国内知味的绅士们食桌的那样新菜上的所得利益不算在内。这笔钱便[①]在我们中间周转，因为那货色全是我们的国产国制。

第四，常年的生殖者在卖去他们的小孩每年可得八先令的利益外，可以免除第二年以后的养育费。

第五，这种食品又可以招徕酒馆的生意。酒馆老板当然很能留心去搜求调烹的最上方法，因此招引那些以讲究吃好食自夸的风雅绅士们上他的馆子去；一个知道怎样侍候顾客的厨子，也会想法把这菜做的阔气，应了他们的意思。

第六，这个办法大可以增加结婚，所有明白的国

【锺校】

①“便”原作“使”。

家都正在注意此事，或用恩惠奖励，或用法律及刑罚强迫。这又足以增进母亲们对于小儿的养护与亲爱，那时他们知道社会上规定有一种办法结算他们的小儿与每年的利益或费用。我们将见主妇们中间会起一种诚实的竞争，试看谁能养出最肥的小儿送上市去。男人将爱护他们的妻，在怀妊的时候，正如现在他们那样的爱护怀着胎的母马母牛和母猪一般；而且他们也不会再踢她们（这本来是很普通的举动），怕得她们流产。

以外还可以举出许多利益，如在装桶牛肉输出上可以增加几千头的牛，猪肉之推销与制造火腿之改良皆是。近来因了猪的死亡，我们席上火腿非常缺乏；但是这在风味和形式上总远比不上一个长足肥壮的周岁小儿，倘若整个的烧烤，拿来放在府尹的筵席或是别的公众的宴会上，实在是一件出色的东西。但是这些，我因为力求简要，都省略了。

假定本城内有一万户是婴儿肉的老主顾，其他在宴飨尤其是结婚洗礼时临时采用的在外，预计达布林一地可以每年销售二万具的尸首；其馀的八万具则行销于国内各地。（在那里或者要贱卖一点。）

我想不出什么话可以反对我的这个计画，除非是说本国的人口数将因此大为减少。这个我毫不踌躇的承认，而且这的确是我提议此案于公众之前的一个主要目的。我要请读者注意，我草这个救国策是专为这爱尔兰的特别一国，并不是为曾经在世，或正在，或将来会有的别个国家计而提出的，所以请大家不要再对我讲别的方便法门，例如课外出者以每镑五先令的税；除了国产国制外不要用别的衣服和家具；绝对排斥那些助长洋风奢华的材料和家伙；改革女子的傲慢虚荣慵惰赌博，以节糜费；养成吝啬俭约节酒的性质；学习爱国，庶与拉布阑人或巴西土人差别；消除我们的怨恨朋比，也不要再同那城陷时还自相残杀的犹太人那样地行动；大家略加留意，不要白白的卖去我们的国和良心；教田主们对于他们的佃户至少要有一分的慈悲；末了，使我们的商人有一点诚信勤勉和本领，——这些商人，倘若遇见大家决议只买国货，便将立刻联合了在价目度量和货色上欺骗我们，敲诈我们，而且虽然时常诚恳的加以劝诱，也总不肯公平的交易。

所以我又重说一遍，请大家不要再讲这些以及这一类的方便法门了，且等到有一线的希望，觉得有了想要实行的真心与诚实的尝试的时候再说。

在我自己，这许多年来长是提出那些浮泛无聊空虚的意见，实在已经厌倦，而且终于绝望以为不会成功的了，现在却幸而想到了这个计画；这是全新的，因此还有点实在，不费钱，不费事，全权在自己的手里，而且也就不会得罪英国，有什么危险。因为这种货物禁不起输出，肉质太嫩不能腌的很久，虽然我能够指出一国来，他们很愿意吃了我们的全体国民，并不要什么盐。

总之，我并不十分顽强的执守我的意见，以至一律排斥别的聪明的人们所提出同样地老实，便宜，容易，而且有效的条陈。但是在要提出这类条陈，反对我的计画，改用更好的办法之前，我请求提议人须对于这两点熟加思考。第一，照现在的情形，他们怎样能够去给这十万无用的背和嘴得到衣食。第二，把那些专门的乞丐，加在那实际也是乞丐的农夫，小户人家，工人以及他们的妻儿等的上边，国内计有整一百万的人类模样的生物，他们的生活费总算起来计共负债二百万金镑；我请求那些不喜欢我的建议而且敢于回答的政治家，先去一问那一百万人的父母，问他们现在是否觉得倘若以前照我所说的那样，在一岁时卖作食料，倒是极大的幸福，因为他们可以免避了向来经历过的永久的苦难：受地主的压迫，无钱无业，不能纳付租金，缺乏食料，没有房屋衣服抵御天气的酷虐，而且眼见他们的子女也将永远受这同样或更大的不幸。

我诚实的自白，我竭力的提唱这急需的事业，在自己并无一点好处，除了为社会公益计以外没有别的目的，所望者只在推广我们的商业，养育小儿，救助贫民，并且给富人供一点快乐。我没有小儿，借此可以赚到一个大；最小的已经九岁，我的妻又过了生育期了。

十六七年前我翻阅泰纳（Taine）的《英国文学史》，才知道斯威夫德的冷嘲的利害，虽然这“英国狂生”的《海外轩渠录》（原名 *Gulliver's Travels*）早已译成汉文了。从那文学史及明多（Minto）的《英国散文》上见到《刍议》（*A Modest Proposal*）的一部分，但说也惭愧，它的全文终于未见，直到今年在上海买到了一部《斯威夫德选集》的时候。他作这篇文章，在中国的雍正七年，似乎很近，但在西洋却是十八世纪初，那时爱尔兰在英国治下的景况很是不好，斯威夫德是爱尔兰的系统，所以为了故乡很做几篇文章，这篇是其中最有名之一。当时有人相信他所说的是真话，非难他的残酷，就是承认它是“反话”的也要说他是刻薄到无情（Heartless），不过这些人所见只是表面的笑骂，至于底下隐着的义愤之火也终于未曾看出了。

我译这篇文章的目的之一当然是在介绍，但更主要的乃是满足自己感兴的要求。我有这一种脾气，也就成为一种主张，便是创作以及译述应是为自己的"即兴"而非为别人的"应教"。这在理论上当然可以容得许多辩驳，但实行上我总是这样做去。我所译的另碎的小篇中，有温存的，有悲哀的，有教训滑稽的，种类不一，便是这个缘故。有时又忽然爱好深刻痛切之作，仿佛想把指甲尽力的掐进肉里去，感到苦的痛快。在这时候，我就着手译述特别的文字，前年在西山养病时[1]所译的《颠狗病》和这篇《刍议》都是一例。我不能确说社会上有许多和我同样的要求这类东西的人，只因既然译出，又知道本来是一篇名文，所以觉得不妨且发表了；至于译文里很多不妥，那是我所自己承认，要请大家指正的。

（一九二三年九月五日）

【锺校】

①"时"原作"是"。

《婢仆须知》抄

引言[①]

斯威夫德（Jonathan Swift，1667—1745[②]）是一个主教，后来乃风狂而死，可以算是英国文学界的奇人。他的著作有《格里佛游记》（*Gulliver's Travels*），前二卷经林琴南先生译成汉文，改名《海外轩渠录》，但最重要的第四卷终于没有译出。我在去年曾译过他的《育婴刍议》，是我所最喜欢的一篇文章。

现在这几节是从《婢仆须知》（*Directions to Servants*）中选出，原书系他未完成的遗稿，在一七四五年出版，共分十四章，完成者仅有八章。据编者甲克

【锺校】

① 此据《语丝》刊文，原文开头还有一句："现在我来给诸位介绍——'英国狂生斯威夫德'！"《冥土旅行》删去。

② "1745" 原作 "1845"。

孙说（*Bohn's Library* 中全集第十一册），这一篇是斯威夫德的最粗暴刻毒的讽刺之一，今选取其精采的一部分，但《侍婢须知》诸章中有几节虽是很好，却终于没有写出来，因为怕老实的读者见怪，以为有坏乱风俗之嫌疑，虽然明明是[1]一种巧妙的反语。斯威夫德很熟悉仆人们的弊病，他有很好的对付方法，据斯谛芬（L. Stephen）的《斯威夫德传》里说，传闻有一回他申斥仆人不曾刷鞋，仆人答说反正穿上也随即弄脏了，他便叫仆人不必吃早饭，因为反正不久也就要肚饿的。这也值得收到《婢仆须知》里去。

（一九二四年十二月二十日记）

仆人差出去送信，时常容易在外耽阁，两点，四，六，八点，或者差不多的一会工夫，因为世间诱惑确是很大，我们血肉凡躯也常不能抗拒。你回去的时候，主人生气，主母也呵斥；什么剥衣呀，吊打呀，撵走呀，都说出来了。但是你应该预备着一套辩解，随时可以应用。例如说你的叔父今天早上走了八十哩路特地来看你，明天一早就要回去；一个同事的仆人，从前歇空的时候问你借有一笔款，现在逃往爱

【锺校】

① “明明是”原作“是明明”。

尔兰去了；你的同僚上船往巴耳波陀去，你去和他作别；你的父亲叫你去卖一头牛，直到夜里九点钟还找不到买主；你是去和一个表兄弟作别，他在下礼拜六将要绞决了；你的脚碰了石头，一步都不能走了，只好暂时坐在一家店铺里；有些龌龊东西从楼窗口倒在你的身上，一直等到把衣服弄了干净，臭气发散之后，你才敢回家来；你被拉去充当水手，带到治安判事的那里，等了三个钟头方才讯问，你好容易才得释出；一个承发吏把你错当作债户，在看守所里羁押了一个整夜；你听说主人上酒馆去，碰着一点祸祟，你很愁急，在球场街与法庭街之间的百馀家酒店里探访老爷的事情。

你须得帮助商人们对付你的主人，你被差去买什么东西的时候，不要还价，但应豪爽地照讨价付给。这很足以给主人做面子，而且也会有几个先令落你的腰包；你要知道，即使你的主人付得太多一点，他到底比那可怜的商人担得起损失。

除了你雇定专管的职务之外，别的事一点也不要多管。譬如马夫醉了，或是不在家，司酒的被命令去关马房的门，便应答说："禀老爷，我不懂得马的事情。"又如窗帘的一只角垂下来了，须用一个钉头钉上，主人叫跟班去做，他可以说他不懂这样的工作，老爷还应去叫木匠来才好。

没有叫到第三、四声，决不要上去，因为只有狗一听呼唤即忙出来。主人叫“有人么?”的时候，仆人都无接应之必要，因为这“有人么?”不是人的名字。

把一切过失都推给哈吧狗，主人心爱的猫儿，猴子，鹦鹉，小孩，或是刚被撵出去的仆人；这样你可以辩护自己，而又不害着别人，并且也使你的主人或主母省去无谓的生气以及诃叱之烦。

这应该定为例规，凡下房或厨房里的桌椅板凳都不得有三条以上的腿。这是古老定例，在我所知道的人家里都是如此，据说有两个理由：其一，用以表示仆役都是在臬兀不定的状态；其二，算是表示谦卑，仆人用的桌椅比主人用的至少要缺少一条腿。我承认这里对于厨娘有一个例外，她依照旧习惯可以有一把靠手椅备饭后的安息；然而我也少见有三条以上的腿的。仆人的椅子之发生这种传染性跛疾，据哲学家说是由于两个原因，即造成邦国的最大革命者：我是指恋爱与战争。一条凳，一把椅子，或一顶桌子，在总攻击或小战的时候，每被拿来当作兵器；平和以后，椅子——倘若不是十分结实——在恋爱行为中又容易受损，因为厨娘大抵肥重，而司酒的又总有点醉了。

你的主人主母出门去赴午餐，或晚间去访问，只要留一个仆人看家就好，倘若没有一个小崽子替你们代看门户，照管小孩（如主人有这个东西）。谁当留守，可用长短的稻草抽签决定。留在家里的一个人也可以会见情人，聊以娱乐，不怕被双双捉住。这些机会万不可错过，因为不是常有的；而且有一个仆人在家里，你是十分安全的了。

主人主母外出的时候，有人来访问他们，你不必费心去记那些姓名，因为你应该记住的事情实在已经太多了。而且这原是那门房的职务，主人不用一个门房，这是他的错。谁又能够记得姓名呢？你一定要记错的，你不能写，又认不得字。

你往门外和一个女人闲话，喝一杯急酒，或去看一个仆人处绞的时候，要把旁门开着，以便回来时无须敲门就可进去，你的主人不会知道你的出去。只有一刻钟的工夫，于他的事情也没有什么妨碍。

主人命令你去叫马车的时候，即使是在半夜，不要走出门外，恐怕走开时主人要叫你，但当站在门口，“车，车！”的叫喊上半个钟头。

饭时你站在椅后侍候，要不停的摇动椅背，使前面的客人知道你是在那里侍候着他。

有客喊要酒，你给他拿去的时候，不要碰他的肩头，也不要说“老爷”，或是“太太，酒来了”，这是失礼的，好像你要把这酒硬灌下他的喉咙去的样子。你只要站在他的右边肩旁，等他来拿；倘若他忘记了，用肘一掀把酒杯碰落在地上，那是他的过失，与你无干。

切面包时不必擦你的刀，因为切过一两片自然会擦干净了。

假如主母在晚饭时忘记了家里还有冷肉，你不必多事的去提醒她；这显然是她不要这肉了。倘若她在第二天问[①]起来，只说她昨天不曾吩咐，所以已经用了：为免避扯谎起见，你可以在就寝之前同司酒的或别个老婆子把这肉分吃了。

【锺校】

①“问”字原无，今增。

《徒然草》抄

引言

《徒然草》是日本南北朝时代（1332—1392）的代表文学作品。著者兼好法师（1282—1350）本姓卜部，居于京都之吉田，故通称吉田兼好。初事后宇多院上皇，为左兵卫尉，一三二四年上皇崩后在修学院出家，后行脚各处，死于伊贺，年六十九岁。今川了俊命人搜其遗稿，于伊贺得歌稿五十纸，于吉田之感神院得散文随笔，多贴壁上或写在经卷抄本的后面，编集成二卷凡二百四十三段，取开卷之语定名《徒然草》。近代学者北村季吟著疏曰《徒然草文段抄》，有这一节可以作为全书的解题：

此书大体仿清少纳言之《枕草纸》，多用《源氏物语》之词。大抵用和歌辞句，而其旨趣则有说儒道者，有说老庄之道者，亦有说神道佛道者。又或记掌故仪式，正世俗之谬误，说明故实以及事物之缘起，叙四季物色，记世间人事，初无一定，而其文章优雅，思想高深，熟读深思，自知其妙。

关于兼好人品后世议论纷纭，迄无定论。有的根据《太平记》二十一卷的记事，以为他替高师直写过情书去挑引盐冶高真的妻，是个放荡不法的和尚；或者又说《太平记》是不可靠的书，兼好实在是高僧；又或者说他是忧国志士之遁迹空门者。这些争论我们可以不用管他，只就《徒然草》上看来，他是一个文人，他的个性整个地投射在文字上面，很明了地映写出来。他的性格的确有点不统一，因为两卷里禁欲家与快乐派的思想同时并存，照普通说法不免说是矛盾，但我觉得也正在这个地方使人最感到兴趣，因为这是最人情的，比倾向任何极端都要更自然而且更好。《徒然草》最大的价值可以说是在于他的趣味性，卷中虽有理知的议论，但决不是干燥冷酷的，如道学家的常态，根底里含有一种温润的情绪，随处想用了趣味去观察社会万物，所以即在教训的文字上也富于诗的分子，我们读过去，时时觉得六百年前老法师的话有如昨日朋友的对谈，是很愉快的事。《徒然草》文章虽然是模古的，但很是自然，没有后世假古典派的那种扭捏毛病，在日本多用作古典文入门的读本，是读者最多的文学作品之一。以下所译十四节是我觉得最有趣味的文章，形式虽旧，思想却多是现代的，我们想到兼好法师是中国元朝时代的人，更不能不佩服他的天才了。

（一）忧患

有遭逢忧患感到悲伤的人，不必突然发心剃发出家，还不如若存若亡的闭着门别无期待地度日更为适宜。显基中纳言曾云，“愿得无罪而赏谪居之月”，其言至有味。

（二）长生

倘仇野之露没有消时，鸟部山之烟也无起时，人生能够常住不灭，恐世间将更无趣味。人世无常，倒正是很妙的事罢。

遍观有生，唯人最长生。蜉蝣及夕而死，夏蝉不知春秋。倘若优游度日，则一岁的光阴也就很是长闲了。如不知厌足，虽过千年亦不过一夜的梦罢。在不能常住的世间活到老丑，有什么意思？语云：“寿则多辱。”即使长命，在四十以内死了最为得体。过了这个年纪便将忘记自己的老丑，想在人群中胡混，到了暮年还溺爱子孙，希冀长寿得见他们的繁荣：执着人生，私欲益深，人情物理都不复了解，至可叹息。

（案：仇野是墓地之名，鸟部山为火葬场所在地。）

（三）中年

年过四十而犹未能忘情于女色的人，若只蕴藏胸中，亦非得已，但或形诸言词，戏谈男女隐密以及人家闺阃，则与年岁不相应，至不雅观。大抵难看难听的事有这几种：老人混在青年中间，妄说趣话；卑贱人说世间权贵和自己如何要好；穷人好酒宴，铺张宴客。

（四）女色

惑乱世人之心者莫过于色欲。人心真是愚物。色香原是假的，但衣服如经过熏香，虽明知其故，而一闻妙香，必会心动。相传久米仙人见浣女胫白，失其神通，实在女人的手足肌肤艳美肥泽，与别的颜色不同，这也是至有道理的话。

（案：《元亨释书》卷十八云：“久米仙人者和州上郡人，入深山学仙方，食松叶，服薜荔。一日腾空飞过古里，会妇人以足踏浣衣，其胫甚白，忽生染心，即时坠落。”）

（五）诃欲

女人丰美的头发特别容易引人注意。人品性质，只听说话的样子，就是隔着障壁也可以知道。有时单是寻常起居动作，亦足以迷乱人心。即使女已心许，却总还不能安睡，毫不顾惜自己，能受不可忍的苦辛，这都是为恋爱的缘故。

爱著之道根深源远。六尘之乐虽多，皆可厌离，其中唯有色欲难以抑止，老幼智愚莫不如是。故谚曰：“以女人发作绳，能系大象；以女人屐作笛，能招秋鹿[1]。”所当自戒，应恐惧谨慎者，即此惑溺也。

（案：《大威德陀罗尼经》云：“乃至以女人发作为纲维，香象能系，况丈夫辈。”吹笛引鹿系日本传说。）

（六）好色

男子虽多才艺而不知好色，至为寂寞，殆如玉卮之无当也。濡染霜露，彷徨道涂，父母之训诫，世人

【锺校】

①“鹿”原作“笛”。

之讥评，悉不暇听闻，尽自胡思乱想，然而终于仍多独宿，夜不成寐，如此生涯，至有风趣。但亦非一味游荡，须不为女子所轻，斯乃为佳耳。

（七）独居

妻之为物盖非男子所应有者。听人说是永久独居，最为愉快。偶闻人言某已入赘，或某娶某女，已同栖了，令人对于男子生卑下想。如娶寻常女子，人将轻蔑曰："这样的女子也好，所以便配合了。"如女稍佳，又曰："男子[①]一定非常珍重，当作菩萨供养罢！"若真是美人，人言亦愈有因。且管理家务的女子至可惋惜，有了儿童，提携爱抚尤为烦苦。男子死后，留女子剪发为尼，渐即老丑，是即在死后尚极不愉快也。无论如何女人，朝夕相对，恐亦将厌足疏远，在女子亦当感到冷淡。不如分居，男子时往聚会，虽历时久远，交情可以永续。偶尔往访，辄复留连，亦殊有情趣。

（案：这所说的办法与近来蔼理斯夫人所主张的"半分离的结婚"（Semi-detached Marriage）相似，不过更是浪漫的罢了。《徒然草》第二百四十段中反对

【锺校】

① "子"原作"了"。

父母之命媒妁之言所结合的夫妇，他说：“不知他们第一句是说什么话？”这真是大家都想问的一件事。他以为只有情人团聚，“互说往昔相思的苦辛，约会的艰难，这才有不尽的情话”。此节更反对结婚，老法师的波希米人性质益发现无遗了。）

（八）饮酒

在现世间饮酒则多过失，丧财，招病。虽云酒为“百药之长”，百病皆从酒生；虽云酒可忘忧，醉人往往想起过去忧患至于痛哭。又在来世丧失智慧，破坏善根，有如火烧，增恶破戒，当堕地狱。佛说：“与人饮酒者五百世无手。”

酒虽如是可厌，但亦有难舍之时。月夜，雪朝，花下，从容谈笑，偶饮数杯，能增情[1]趣。独坐无聊，友朋忽来，便设小酌，至为愉快。……冬日在小室中，支炉煮菜，与好友相对饮酒，举杯无算，亦快事也。

（案：此篇系第百七十五段之一部分，原文颇长，故从摘译。）

【锺校】

①“情”原作“起”。

（九）自然之美

无论何时，望见明月便令人意快。或云：“无物比月更美。”又一人与之争曰：“露更有味。”其事殊有趣。其实随时随地无有一物不美妙也。

花月无论矣，即风亦足动人。冲岩激石，清溪之流水，其景色亦至佳美。曾见诗云，“沅湘月夜东流去，不为愁人住少时”，觉得很有兴味。嵇康曾云：“游山泽，观鱼鸟，心甚乐之。”在远离人居水草清佳之地，独自逍遥，可谓最大之悦乐。

（十）秋月

秋月特佳。或云，月总是如此，不能辨别，殊乏雅趣。

（十一）读书

独坐灯下，披卷诵读，与古为友，是最上的慰安。其书则《文选》之妙文，《白氏文集》，老子之书，《南华》之篇，以及此土学者所作，在古文学中多有妙品。

（十二）法显的故事

或闻法显三藏往天竺，见故乡之扇而悲，又卧病思得汉食，曰：“如此高人，奈何示弱于异国。”弘融僧都却称叹曰：“真是多情的和尚。”此言殊无法师气，一何蕴藉乃尔。

（十三）爱生物

家畜中有牛马，加以羁绊，虽亦可悯，唯系日用必需之物，亦属无可如何。狗能防守，视人为胜，也不可缺，但他家多畜此物，偶不畜养别无妨碍。此外鸟兽皆属无用之物。禁走兽于槛中，加以锁系，剪飞禽之羽翼，闭诸樊笼，使其怀念天云，眷念山野，忧闷怅望，无时或已。设身处地，不能忍受，有情之人岂忍以此为乐乎？虐待生物，用以娱目，此桀纣之心耳。王子猷爱鸟，但观林中飞鸣之鸟以为逍遥之友伴，不捕而凌虐之也。“珍禽奇兽不育于国”，《尚书》亦云。

（十四）人生大事

为无益之事而费时日者谓为愚人可，谓为谬人亦可。对于君国应为之事已多，其徐暇日无几。人所不得不营求者，一食，二衣，三住居。人生大事不过此三者。不饥，不寒，不为风雨所侵，闲静度日，即为安乐。但人皆不免有病，如为疾病所犯，其苦痛殊不易忍，故医药亦不可忽。三者之上，加药成四。凡不能得此四事者为贫，四事无缺者为富，四事之外更有所营求者为贪。如四事节俭，无论何人当更无不足之虑也。

上边十四篇中有九篇系去年旧稿，其馀均系新译。原文虽系古文，我却不想用古文去译他，但终因此多少无意地夹进一点文言去，——这个我也不复改去，因为要用纯粹白话来译也似乎是不大可能的。

（一九二五年三月六日译校竟记）

图书在版编目(CIP)数据

冥土旅行/周作人译作;锺叔河编订.—长沙:岳麓书社,2019.7
(2022.7 重印)

ISBN 978-7-5538-1092-8

Ⅰ.①冥… Ⅱ.①周…②锺… Ⅲ.①周作人(1885—1967)—译文—文集 Ⅳ.①I11

中国版本图书馆 CIP 数据核字(2019)第 051942 号

MING TU LÜXING

冥土旅行

周作人译作　锺叔河编订

责任编辑:蒋　浩

责任校对:舒　舍

书籍设计:风格八号

岳麓书社出版发行

地址:湖南省长沙市爱民路 47 号

直销电话:0731-88804152　0731-88885616

邮编:410006

版次:2019 年 7 月第 1 版

印次:2022 年 7 月第 3 次印刷

开本:787mm×1092mm　1/32

印张:3

字数:49 千字

印数:7 001—9 000

书号:ISBN 978-7-5538-1092-8

定价:15.00 元

承印:长沙鸿发印务实业有限公司

如有印装质量问题,请与本社印务部联系

电话:0731-88884129